Sonja Kurt

Thaddäus Troll

O Heimatland

Thaddäus Troll

O Heimatland

Verse
in schwäbischer Mund-Art

Silberburg-Verlag

Die Gedichte sind entstanden 1973 bis 1976
in Lindos, Mitteltal, Hinterrohrbach,
Tonbach und Stuttgart.

2. Auflage der Neuausgabe, 2006

»O Heimatland« ist zuerst 1976 mit der ISBN 3-455-07744-7
im Hoffmann und Campe Verlag, Hamburg, erschienen.
Die 1. und 2. Auflage im Silberburg-Verlag, Tübingen,
sind 1993 und 1995 mit der ISBN 3-87407-167-7 erschienen,
die 1. Auflage der Neuausgabe im Silberburg-Verlag
2000 mit der ISBN 3-87407-348-3.
Umschlaggestaltung: Uli Gleis, Tübingen.
Druck: Clausen & Bosse, Leck.
Printed in Germany.

ISBN-10: 3-87407-348-3
Ab 2007 ISBN-13: 978-3-87407-348-6

Inhalt

Kritisches

Tempolimit

Dees isch net so oifach
mit-m tempolimit
von hondertondzwanzich
uff de autobahna

freilich gäb s net so viel tote
aber wenn mir dees verordnet
kaufet ihr weniger auto

drom miasset mir eba
em nama von dr freiheit
au uff de schtroßa
fir d arbeitsplätz
von de onternehmer
ond fir de arbeiter
ihr diffidende
halt menschaopfer brenga
onsere aztekische gottheita
Vau-Wee Mercedes
ond Bee-Emm-Wee

sonscht schpendet dia ons
koin wahlsega meh.

Gesetz von der Erhaltung der Energie

O Robert Mayer aus Heilbronn
der du hosch gfonda das Gesetz
von der Erhaltung der Energie
dia onser kerniger landesvadder
erhalta will ond ällweil schteigera
mit seim denkmal am Kaiserschtuahl
Gott erhalte Gott beschitze
onsern guata keenich Hans
mo ons nex wia reina wei eischenkt
ond koin kernlestee
weil mo dr wei neigoht
goht dr verschtand naus
i woiß gar net was dia leit
fir an lebtag hent gega dees
kernkraftwerk zwischa de wengert
mir haltet dees aus
mir haltet doch au den aus
au onser wei mo en dene
neie deschtilleriekeltera
mit weiße kachla ond aluminiumtank
von dr chemie hoimgsuacht wird
der wird doch au no so a bißle
physik aushalta kenna.

Relativität

Ja wenn s no dr donder verschliag
wenn s no dr deifel hola tät
dees huraglomp dees verreckte
dees malefizzeig dees liadriche
dees nixnutziche gottverfluachte glotzophon.

am freitich a kulturmagazin
am samschtich s Wort zum Sonntag
am sonntich an oper Fidelio
aber dees isch nix fidels.

ond wieder koin krimi ond koin bonta obend
ond koi kwiß mit-m Heinz Rühmann
ond koi schpiel vom Fau-Eff-Bee
bloß an film en schwarzweiß no
iber d sizilianisch Mafia
wen entressiert dees au bloß?

dodrfir nehmet dia kerle
zeahmarkfuffzich em monet
dees isch jo dr reinscht wucher
dees isch jo grad wia wem-mer
s geld zom behnelada nausschmeißa tät.

do woiß mer jo gar net was to
en dr wuat. am beschta tät mer aus
dem rappelkaschta schpächela macha
wenn r bloß net so teier wär.

i glaub etzet gang e uff s volksfescht
ond versauf dia ganze fernsehgebihra.
narr do kriagsch jo mirnex dirnex
glatt deine drei schtoiner bier drfir.

Honorar

Ihr manna aus onserem flecka
mo driba an dem schteila burra
no an armselichs wiesle hent
mo verschteppt ond verwilderet
weil s koiner meh mäha will
eich geb i mei wort
wenn ihr mi en da gmoiderat
ond der mi en da bauausschuß wählt
daß eier ohgmähts wiesle
fir eich a gmähts wiesle wird
als bauland erschlossa
trotz schteile ond nordhang
ond ihr brauchet mir
drfir gar nex geba
bloß am sonntich eier schtemm
bei dr gmoideratswahl.

Die Nackten kleiden

Älles bloß nex nackigs
kommet her wörter
daß e eich aziag
heesla kloidla ond schtrempf
ibers fiedla d herzer
d fiaß ond s näbele:

na nemmt dr rambas
KEIN BLATT VOR DEN MUND
ond dr luagabeitel
WEISS KLUG ZU TAKTIEREN
on dr entaklemmer
MIT DEM PFUNDE ZU WUCHERN
ond dr fotzaneid hoißt
SITTLICHES EMPFINDEN

no nix nackigs
kommet her wörter
i geb eich feigablätter
ond schick eich
uff s rothaus.

Sozialist a. D.

Friher mo r an armer schlucker gwä isch
hot r d gosch vollgnomma
ond isch nagschtanda
gega dia ausbeitong der arbeitenden klasse

schpäter hot r milliona eigsackt
hot sgeld uffananderbeigt ond isch
senator worda ond dokter hazee

ond heit verteidigt r sei oiges
kapital gega sozialischtische ibergriffe
mit-m gleicha heiliga eifer wia früher
Das Kapital vom Karl Marx.

Madonnenweihe

Em-a hemmlischa eck isch dr holzschnitzer
Jean Baptiste Fleuron aus Beaucaire gsessa
gschtorba fuffzeahhondertondfemfazwanzich
ond hot an Côte-du-Rhône tronka.

zmol isch dr Petrus agschlurget
ond hot gsagt – Schababbtischt etzet
guck doch amol zom fenschter naus
ge Reitlenga Bismarckschtroß sechzeah
do isch grad a paartie –.

richtich. beim miaderwarafabrikanta
Egon Schlotterbeck ond seinera frau Aschtrid
geborene Schweinle isch net bloß dr nei
swimmingpuul eigweiht worda
– dr alt isch ehm z bschnotta gwä
r hot a terrariom draus macha lassa
ond drei krokodil neigsetzt
Josuah David ond Ezechiel tauft –
drzuana au no a gotische madonna
frisch gschteigert bei dr auktzio Nagel
en Schtuagert
ond jedem mo s net hot wissa wella
hot r gsagt – a glegaheitskauf om

Den Stillen im Lande

Saget net emmer – wenn s halt Gotts will isch –
ond faltet d händ ond lasset s gscheha.
merket eich: Gotts will ka mer au macha.

Landschaftliches

Immer der Nase nach

Do kennet Se gar net fehla
fahret Se oifach dr nos noch
glei lenks om s eck wo s so beschtialisch
schtenkt noch dr sauerkrautfabrik
ond weiter na gradaus
wo s so brenzelich schmeckt
do schtoht d gaskokerei
glei an dem schtoibruch
neba dr zementfabrik mo de ganz gegend
grau verschtaubt isch
wi-a kuacha mit puderzucker
do goht s etzt noch rechts
au wieder dr nos noch
s mäuchelet scho vo weitem noch tote fisch
ond Se sehet na glei da Necker
dem fahret Se noch bis zur millverbrennong
wo aus dem hoha kamee
schwarzer rauch rauskommt
dees lasset Se lenks liega ond Se schmecket
scho da gillagruch von dr kläralag
aber so weit brauchet Se gar net z fahra
denn glei an dem platz
wo dia verkehrsampel isch
do send Se grad recht am hotel Ochsa
dees mo Se suachet. schlofet Se guat!

Mein Cannstatt

Er hält zamma
was iberlauft

er tuat so
als wär ebbes
wo nex isch

er macht schtramm
was lommelich isch

er hebt
was koin halt hot

i moin net da Schiller
mit seinera äschthetik

i moin da bee-haa
wenn er schtets zu schutz und trutze
brüderlich zusammenhält

wia s auto erfonda
ond Hautana ghoißa
en meim Cannschtatt
dem wo sei wurmfortsatz
Schtuagert hoißt.

Das Besondere an Ulm

En Ulm isch s halt so
aber no wieder au so.

sag amol Ulm: U L M –
dees heert sich grad a
wia wenn oiner an gottsallmächtiche
kneedel aus mutschelmehl
em maul romdalga tät
aber wenn r n nagwirgt hot
– bloß s bier lauft bei de Ulmer
von selber nonter –
ond r tuat d gosch uff
ond schwätzt ulmerisch
no kommet brocka raus
no klengt s eckich ond kantich
grad wia wenn d meebelpacker
beim-a omzug mit ema renaissancekaschta
em treppahaus gega d wend
bocklet ond polteret.

i mog Ulm. wenn em onterland
d welt em Schwarzwald zua
mit tannabretter vernagelt isch
no macht en Ulm s Schwobaland

s fenschter uff ond schickt d jongfer Donau
uff d weltreis.
se lupft da rock ond nemmt
schiff uff sich. zerscht bloß
d Ulmer Schachtel mit bier ond wei
ond manna wo saufet ond schreiet:
Ulmer Schpatza – wasserratza.
aber scho vo Regensburg läßt se sich
de greeschte dampfer uff da buckel packa
se goht ausanander
ond schniert sich ei
ens korsett vom Eiserna Tor
ond wenn se an alts weib
em Donaudelta d fasso verliert
no babbelt se emmer no
ebbes von Ulm vor sich na
so a heilichssiadichsleckmeamarsch
etzt was isch denn dees: s Schwaaze Meer –
ond scho isch se dren versoffa.

i mog Ulm wo em-a kirchafenschter
d engel liaber veschperet wia betet.
i mog sogar d Ulmer wenn se manchmol au
a schenie fir an schlawiner haltet.
ond omkehrt. ond wenn se moinet
dr deifel häb ihren schneider
en d Donau neigschmissa

drweil isch s doch bloß a bollezeideaner gwä
mo ehm an schubser gä hot uff befehl
vom dicka keenich Friedrich dem zu ehra
dia bachel von rotsherra den schneider
em oguata wendloch hent fliaga hoißa.

dr schneider isch an Ulmer gwä
aber au dia rotsherra ond
seller bollezeideaner.
de oine hoizet da fortschritt a
ond de andere hocket em bremserhaus
ond migget gottsmillionisch
ällas Ulmer – so wia se dr Jörg Syrlin
em chorgschtiahl vom menschter
halt gschnitzt hot
wife weiber ond baise ripper
gscheite manna ond moschtkepfige monschter.
de oine molet d altär ond de andere
hent dia bilder zu kloiholz verhackt
domols en dr reformazio.

en Ulm gibt s eba sottiche
aber no wieder au sottiche
ond moschtkepf send wenn se Ulmer send
au no ganz bsondere moschtkepf.

O Heimatland

Zletzscht hot dr Herrgott
s Schwobaland gschaffa ond sich drbei
no amol gottsallmächtich miah gä.
em Allgai a paar berg uffbeigt
drvor a schtickle meer da Bodasee nagschittet
dem liaba jengferle dr Donau
zur mitgift gä a traulichs tal.
da Schwarzwald gschaffa dockelich ond kiahl
on tiaf ond schtill mit tanna schträuch
moor berg ond seea wia aus-m schächtele
ond obegreiflich giatig wia r isch
an toil drvo au no de Badenser gschenkt

wärs net dr Herrgott hieß mer s lomperei.

r hot da Necker en da letta graba
hot wengert an sei ufer ghängt
d Rauh Alb mit heehla woida holder
schof ond felsa bosselt fir da Albverei.
daß r dees liablich ländle om da Kocher
ond om d Jagscht so oifach de Franka
iberläßt dees hätt etzt freilich
au net grad miassa sei. aber so isch r eba.

drfir hot r des Schwobaland mit burga kircha
kleeschter schlesser gschprenkelt
zom possa grad do wo mer katholisch isch
an haufa humus nakarrt. drfir hot dr deifel
schtoiner de evangelische
uff d felder gschmissa.
hot do a Freia Reichsschtadt dort hoimelige
neschter derfer hefter flecka nagschtreit
äckerla wiesla burra hecka bächla gompa
ond grad gnuag wald fir fuchs reh wiesel
marder dachs ond has. hot s ganze na
recht bucklet gmacht daß henter jedem
buckel an andera landschaft aug ond
gmiat ond herz ond seel erfrischa ka.
mo er na fertich gwä isch hot r
d händ am schaffschurz abgwischt und hot
gsagt – i moin dees sei fei gar net schlecht –.

na send dia andere schtämm ond velker
mo koi so scheene hoimet kriagt hent
neidisch worda. se hent delegazione
gwählt hent se zom Herrgott gschickt
ge proteschtiera. dees verschtoße gega
s naturrecht von dr chancegleichheit
dr oi häb älles ond dr ander nex.

dodruffna hot halt onser Herrgott

zom ausgleich d architekta gschickt.
ond weil em Schwobaland von alters her
de mendere meh hent z saga wia de gscheite
hot mer de liadriche meh ärbet gä
wia dene mo ihr gschäft verschtanda hent.

se send ans werk. de kloikarierte hent
kloikarierte siedlonga baut. heisla ois
wia s andere wenn d an balle hosch fendsch
nemme wo de wohnsch. verwachsene
heisledubbel mit blende fenschteraigla
ohne wempera ond braua
ond s kappadach wi-a schtompets hiatle
uff-m-a uffblosena meckel. wem-mer s sieht
kennt mer grad moina dene derfer
sei s schlecht worda ond se hättet dia
siedlonga breckelesweis en s land neikotzt.

de ander art von architekta hot sich
verkauft an handel ond gewerbe. se hent
dia alte schtroßa mit paläscht
aus glas ond beto
fir banka ond fir schparkassa versaut.
se protzet zwischa de fachwerkheiser
wia wenn a schießbud hätt
em zahlaloddo sechs richtiche ghett.

en Schtuagert hent se aus de alte plätz
verkehrsvertoiler gmacht. zwoi tiafe schluchta
durch da schtadtkern gschlaga mo koi
autofahrer woiß
wia neikomma wia nauskomma
ond koi passant wia durchkomma ond so isch
etzet älles so verkomma daß d Schtuagerter
hoimetvertrieba gern aus Schtuagert flichtet.

andre hent s land mit maschta iberzoga
mo s am schenschte isch menschter ond dom
fir kraftwerk ond fir d millverbrennong baut
ond aus-m Neckerwasser hent se
a reachte saichbriah gmacht. hent en da
Bodasee neigschissa daß mer dia bäch
ond fliss ond seea baldvoll ens schpital
to miaßt uff d intensifschtazio
zur kinschtlicha beatmong.

dia freche wolkakratzer mo de bickela
ond bergla da hals zuadrucket an Rems
Murr ond em Neckertal. hochhaus silo
betokubus mo d schtadtsilwett verschneidet
ond kircha daß-s m deifel drvor graust.

dees älles hot dr Herrgott miassa macha lasse
aus seim paradiesgärtle dem Schwobaland

daß dia mo moinet se häbet net gnuag kriagt
ihr goscha haltet ond da neid verhebet.

so hent mir etzt a bißle schteppe wiaschte
a schtick Mänhättn ond au mir send
en onserm ländle vor-m hemmel hussa
mer sieht halt iberall wia s menschelet.

ond wenn mir Schwoba onsere kender etzt
zoiga mechtet wia schee des ländle amol
gwä isch vor dr hoimsuachong durch
d architekta schultes kreisbaumeischter
ond au gmoiderät durch
banka ond durch eikaufs-center
no miasset mer halt ens Elsaß niber
drweilsch s von Schwoba no net uffkauft isch.

Anekdotisches

Totengräbers Kredit

– Nex maih wird agschrieba daudagräber –
hot dr Sonnawirt gsait
– wenn d no a viertele witt
no muasch s glei zahla –
– Sonnawirt – hot dr daudagräber gsait
– kasch gwiß sei daß dei geld kriagsch
i han fei no fir a paar hondert mark
alte leit em flecka –.

– S bleibt älles beim alta
bloß vo morga a
kriagsch koin loh meh –
hot dr bauer gsagt
mo r sei magd gheirot hätt.

*

– Du dei Lina fernelet arg
von dr näche muasch grad
zwoimol nagucka so
wiascht isch dia –
– scho reacht aber
onter de wiaschteschte hecka
fendesch halt manchmol
de schenschte vogelneschter –
– so isch s no au wieder –.

*

– Mir isch langweilich –
hot sell mädle gsagt
bei dr paartie von dr Hölderlinschual
– i suach mei hos ond gang –.

*

– Gucket Se bloß amol dia zwoi a
fraile Doris dees isch grad wia
en dr Zimmerschlacht vom Walser
kennet Se sell theaterschtick? –
– noi, von dem han e nia ebbes gheert –
– aber fraile Doris dees gheert
doch oifach zur bildong –
– mir send net gebildet mir send reich –.

*

– Bitte om eine kleine schpende
mir sammlet fir
gefallene mädchen –
– danke i geb direkt –.

*

– Isch dr onterschied
net a bißle z groß? –
hot dr schtandesbeamte gfrogt
mo d maus ond dr elefant
hent heirota wella
d maus isch rot worda
ond hot piepst
– mir wellet jo net
mir miasset –.

Mendelsches Gesetz

– Etz sag doch amol Guschtav
du bisch doch schwarz gwä
mo no hoor ghet hosch
ond dei Babett dia hot doch
braune hoor ghet eb se
weiß worda isch
morom hent ihr zwoi etzt
an rauta buaba kriagt
eiern Erwin? –

– dees isch doch ganz oifach
r isch eba dr jengscht
onser zammaschärretse
mo e den gmacht han
do ben e doch scho
uff de fuffzich ganga
ond do hot mer halt scho
ebbes roscht en dr leiton

ond drom isch dr Erwin
a rauter worda –.

Aus der Arbeitswelt

– Mädle wo willsch denn na
mit dera schterricha goiß? –
– zom bock! –
– jo kennt dees denn net besser
dei vadder macha? –
– du sau! –.

*

Mo dr Hämme hot erda han wella
fir seine blomakäschta vom-a maulwurfshaufa
em Helmes seim garta
hot dr Helmes gsagt
– i ben jo net so
i gäbt älles her
bloß koin grond ond boda –.

*

– O wisset Se herr pfarrer
i bet jeden tag zom liaba Gott
daß mein ma den tagdiab
endlich dr deifel hol –
– hano liebe frau Schmalzried
jetzt versindiget Se sich net
Se habet doch in ihrer ehe

au gute schtunde ghabt ond
net omsonscht mit Ihrem mann
acht gsunde kender gmacht –
– sell scho herr pfarrer
aber älle en dr wuat –.

*

– Frau dokter tätet Se me
amol ontersuacha?
s liegt beschtimmt nix vor
i mecht s halt gnau wissa –
– ond was send Sia von
beruf fraile Bleyle? –
– i schtudier germanischtik
ond mach grad mei diplom
iber deitsche romantik –
– ah so do habet Se sich sicher
ebbes zu intensiv mit
des Knaben Wunderhorn
beschäfticht –.

*

– Was dei chef der ogattig klob
der isch au scho fuffzich hosch ehm
denn au ebbes zom geburtstag gschenkt? –
– ha i han ehm halt a blomaschtreißle
ond no a gugg voll trauba

morgens uff da schreibtisch glegt –
– ond hot r sich gfrait? –
– ha woisch dees isch grad
wia wenn ema menschafresser
a klois kendle nalegsch der
macht sich au net viel draus –.

Gipserhandwerk

– Jetzt sag mr bloß Hämme
wia isch etz dees komma
daß du neba deim gipsergschäft
mit deim weib deiner Elis
zwoiazwanzich lebiche
kender gmacht hosch? –

– ha wia wird s komma sei
heiliger schtrohsack
mer ka eba au net
ällweil ipse –.

Maßstäbe

– Wia haltet Sia s jetzt
mit-m schtilla gebät? –
hot oi pfarrer da andera gfrogt

– also i zeehl bis fimfzich
na dreh i mi om –

– jo so zwischen vierzich ond fuffzich
so halt i s au –

– aber jetzt denket Se no
dr amtsbruder von Biedrenga
der zeehlt bis neinzich

also dees halt i fir fremmelei –.

Advent

– Bald isch weihnachta –
– eba –
– a schees fescht –
– scho –
– schiergar so schee
wia mit dr frau schlofa –
– jo aber efter –.

*

Am erschta adfent
zendet r a kerz a

am zwoita adfent
schtoht r mit dr kerz
vor da schpiegel.

*

Helmes du entaklemmer
i woiß du gibsch gern ebbes
s isch dr bloß om s geld aber
etzt goht s uff weihnachta
ond do muaß au so oiner
mit era p'häba schublad
wia du seine leit ebbes

zom chrischtkendle gä –
– ha moinsch dees tät i net?
mir schtech e a fäßle moscht a
meiner Erna mach e a kendle
ond meine jonge
saich e a schleifez vor s haus –.

Altersweisheit

Uffdera kurvicha schtroß vo
Graußaschpach ge Schtrempfelbach
isch r henter-m-a Vauweele dreigfahra
dren großmuadder muadder ond kend
dreiviertels Guschtav Schwab:
»in dumpfer Stube beisammen sind«.

d muadder hätt schoffiert se hot sich
ans lenkrad aklammeret wia wenn s
a kuahfliagetse gä tät ond se hot
de ganz schtroß braucht ond se isch
gfahra wi-a fuaßkranker schneck.

d großmuadder drneba mit ema graua dutt
d glaubensfrucht aus viele erbauliche
schtonda mit-m harmonjum.
henta s kend neigschnallt ond doghockt
wia dr schpatz am scheißhausbrittle.

er hot se iberhola wella aber sui
hot uff s gas druckt ihr schtolz iber
da nei fihrerschei hot net zuaglassa
daß an anderer schneller isch.

– wenn dees no guat goht – hot r denkt
ond abschtand ghalta ond richtich:
om s nomgucka hot se de nächscht kurv net
vertwischt ond isch en graba gfahra.
s autole hot sich ommekugelt ond sei fiaß
en d luft gschtreckt zwoi weniger wi-a
moiakäfer mo s uff da buckel blotzt hot.
– heilier gottliab – hot r gsagt hot ghalta
isch nausgsaut ond hot d tir uffgrissa
gottlob isch neamerd nex passiert gwä.

zerscht isch d großmuadder rauskrabbelt
uff älle viere se hot sich uffgricht
hot s kloid ausklopft ond hot gsagt
– dees hätt etzt au net sei miassa! –.

Liebliches
und Unliebliches

Auf den Weg

Gell fahr vorsichtich
paß uff de uff
ond leit mr glei a
wenn de dort bisch
au wenn s scho schpät isch
daß e besser eischlofa ka.

siehsch au d Eva?
ha vo mir aus
kasch se ruhich seha
wenn e au net recht woiß
sag ehra an gruaß
oder sechsch besser koin.

ond denk a bißle an me
ond daß e me halt frai
wenn d wieder gsond do bisch.

gell kommsch glei zua mr
aber tua net pressiera
tua schtät ond gib obacht
daß dr nex passiert
wenn d so lang vom-mr fort bisch.

Liebe I

Komm sei doch
net so
laß de doch
a bißle schtreichla
jo do – gell
dees isch fei fei
komm laß me doch
a bißle dees zeig
ronterziaga s isch
doch bloß em weg
so etzet
so goht s doch viel besser
komm laß me doch
a bißle nalanga
brauchsch doch
koi angscht han
i lad scho
vor dr scheier ab
komm laß me doch
auh – aah – uuh – aah

sodele und etzet
laß me en ruah
komm ziag de a

ond gang etzt hoim
brauchsch jo
neamerd nex saga

worom plärrsch denn
domma kuah.

Liebe II

Wenn d mr so verzeehlsch
na mecht e
de en arm nehma
dr ibers hoor schtreichla
mei gsicht an dei gsicht loihna.

aber wenn e de en arm nehm
dr ibers hoor schtreichel
mei gsicht an dei gsicht loihn
na goht s wia emmer
ond s dauert net lang daß e de
nemme en arm nehma
dr nemme ibers hoor schtreichla
mei gsicht nemme an dei gsicht loihna mog.

ond drom nehm e de net en arm
ond drom streichl-e dr net ibers hoor
ond drom loihn i mei gsicht net an dei gsicht

wenn d mr so verzeehlsch.

Liebe III

Glaub s dene net wenn se saget
s sei an arge sünd
dia arme deifel en ihrm schwarza fräckle
glaubet viel aber ois wisset se net:
wia dees isch wem-mer sich mog
wem-mer sich en de ärm liegt
ond wem-mer seifzget vor selichkeit.
wart net auf des paradieses wonnen
s gibt au do honta scho ebbes drvo
verpaß bloß net dees schtickle selichkeit
mo ons dr hemmel scho zeitlich gä hot
wenn du ond i ons meeget.
wem teant mer denn weh drmit.
dank s em herrgott ond glaub dene net
mo dr saget s sei an arge sünd.

Liebe IV

Übertragung eines Wiener Chansons
Für Peter Weiser und Friedrich Gulda

Wenn d me amol loswerda willsch
gell sag s net uff oimol
sag s jeden tag a bißle
i verschreck nämlich so leicht
wenn d mr s oifach so sechsch
daß d me nemme mechsch
i glaub des tät e
net verschaffa

wenn d amol gnuag vom-mr hosch
gell sag s net uff oimol
schwätz dromrom sag s schtät
i verschreck nämlich so leicht
aber wenn d mr s hentarom sechsch
daß d me nemme mechsch
na isch s halt so komma
hot s ebe sei miaßa
isch s halt dr lauf dr welt

i woiß scho
daß s amol sei muaß
wenn s au net grad heit isch
i woiß au

daß e s schlucka muaß
wenn s amol so weit isch
bloß daß d mr s
net uff da kopf zua sechsch
i moin daß d me nemme mechsch

i han halt angscht
i tät s oifach
net iberleba.

Sonntag

Se hot gsagt se tät mr vielleicht
telefoniera ond etz glotz e scho
da halba tag uff sellen apperat
ond emmer wenn s leitet
moin e sia miaßt s sei.

drweil isch s bloß der bachel von dr Alljanz
mo s am hella sonntich eifällt i sei
onterversichert gega alter krankheit
diebschtahl ond brand.
rutsch mr doch da buckel nonter
seit heit morga wart e scho
ond trau me nemme aus-m haus
net ziaretta hola
an briaf neischmeißa
mit-m hond om s viereck laufa
weil e moin se tät vielleicht
grad aleita wenn e net do ben.
etzat – aber dees isch bloß d Aschtrid
wo mr verzeehla will wia ihr Horschtle
wieder amol de halb
nacht net hoimkomma isch
ond heit sei r
halba he do schteck doch
sicher a menschle drhenter.

meinetwega laß-s schtecka. i han
bloß jo gsagt ond m-h ond m-m
ond han denkt hoffentlich
wird se doch net etzt grad
telefoniera ond s isch bsetzt.

s isch scho halber viere ond i han
net amol ebbes z mittag gessa
ob e a bier trenk? aber dees
isch doch viel z warm.
ob e a brezel eß? aber
dia isch doch vo geschtern
dalgich ond labbelich.
ob e endlich den briaf noch Ontario
schreib? aber i han heit oifach
koin kopf fir an briaf.

was tu-r-e etzat bloß?
halt warta bis-s schellt
weil se doch gsagt hot se tät
heit vielleicht aleita von onterwegs
ond i glotz en koi zeitong ond net
uff da bildschirm bloß
uff sellen telefoapperat
ob r net endlich leitet
daß e se froga ka:
mogsch me no?

Das Lied vom Briefträger

Er isch uff dr terrass gsessa
ond hot an wei tronka
vor sich da Saronischa Golf.
schiff druff wia gliahwirmla
d ensel Ägina
wi-a schildkrott en s meer pfauzt.
dr mond am hemmel voll uffghenkt
hot nex merka lassa
wia ehm dia aschtronauta
s gsicht verkratzt hent
ond hot d wella glitzera lassa.
so hot s au en ehm glitzert
wo r dra denkt hot
was ehm so verkomma isch
en de letzschte wocha.
se hent musik gmacht
ond na send drei manna mit ihrer gitarr
an sein tisch komma ond hent gfrogt
was se fir ehn schpiela ond senga sollet.
weil s ehm om s herz so saumäßich
wohl gwä isch hot r gsagt
– ebbes griechischs ganz traurichs –.
se hent en d soita glangt a bißle präludiert
der en dr mitte hot da to agä

ond s liad gsonga von dem briafträger
mo hot a jongs mädle so gern ghet
weil r ihra oft an briaf brocht hot von dem
kerle mo se halt so arg gern hot meega.
aber am-a scheena tag isch r vorbeigloffa
ond hot koin briaf meh brocht
weil ihr kerle se hot nemme meega.
ond jedesmol wenn dr briafträger
vorbeigloffa isch hot se vor sich nagflennt.

sell hent se gsonga mit schloifige schtemma
ond r hot zuagheert ond sein wei drbei tronka
druff hot r papier ond bleischtift gholt
ond hot an oina gschrieba
mo r so arg meega hot daß se net traurich isch
wenn dr briafträger an ehr vorbeigoht.

Nachher

Mo se von ehm fortganga gwä isch
isch r en d kiche ganga
hot sich a butterbrot gschmiert
ond an käs druffglegt.
na isch r wieder ens zemmer ganga
do wo r vorher mit ehra gsessa isch.
r hot sich no an wei eischenka wella
aber ihr glas isch no halba voll gwä
ond am rand a verwäsches reschtle lippaschtift
r hot s austronka richtich mit adacht
ond r hot se drbei uff de lippa gschmeckt
em aschabecher send no
zigarettaschtompa von ehra glega
dia hot r mit de auga gschtreichelt.
em kisse isch no a dälla von ehra gwä
do wo se gsessa isch
r hot s glassa weil r gmoint hot
r schtreicht se aweg. dees hot r net wella.
r hot sich net amol gwäscha weil r gmoint hot
s sei no viel von ehra an ehm.
sei bett isch no warm gwä
uff-m kopfkisse send no a paar hoor
von ehra glega
ond r isch neigschlupft wia wenn se no do sei.

r hot d händ gfaltet und gsagt
– i dank dr schee liaber Gott
daß oim so ebbes no passiera ka
ond daß d se gschaffa hosch so wia se isch –
na isch r eigschlofa.

Liebestechnik

Friher do send se am samschtichobend
noch-m bada mitnander ens bett ganga
ond hent sich meh wia gern ghet
hent anander wohlgfalla atoa
ond send ganz liab mitnander eigschlofa.
seit r dees sexbuach glesa hot
treibt r s mit ehra wia leischtongsschport
probiert s ibersche ond ontersche
fersche ond hentersche nuffzuas ond nazuas
ärschlengs ond henterscherfir
ond jedesmol wenn s ehm komma isch
macht r em biachle an schtrich.
neilich hot r se wi-an schubkarra
vor sich herschiaba wella
(seite dreißich vierzehnte posizio illuschtriert)
r hätt sich schiergar an bruch naglupft
ond sia isch naghagelt ond hot sich
gottsallmächtich an dr frisiertoalett
d gosch uffgschlaga.
se hot sich verpfläschteret aber au er
isch nochher emmer halba he
ond muaß herztrepfla nehma
ond ihra send dia samschtichobend
scho ganz vertloidet.
ja sex isch fei scho an arga schenderei.

Goldglanz

– A scheena frißt au net meh wi-a wiaschta –
hot s Schultes Albert denkt ond dia
schtramm Kronawirte gheirot: d hoor
schwaarz dick ond glanzet
wi-a roßschweif, d augalaterna
blitzet, s geschle siaß ond knitz ond
meh wia gnuag holz vor-m haus.

erscht noch dr hochzich hot se ehm
verzeehlt daß se au ebbes häb uff
d seit glegt, märker dreißichtaused
schulda bei dr Leicht'sche Brauerei
ond weil se halt au d kender so
gern meegt, do häb se z Neuburg
bei dene Englische Frailein a ledichs
biable en koscht on en loschie.

ond wenn r etzet mit ehra
schlofa will, na liest se
da Altöttinger Liebfrauenbote.

s isch halt net älles gold was glänzt.

anderscht dr Adolf, er hot s amol
em balle mit s Sägmillers Elis ghet

dees mädle mit dem bickele, dem kurza
fuaß ond schtatt de herzer hot dui bloß
zwoi lensa uff-m-a schpätzlesbrettle.

drei wocha druff hot dera ihr vadder ehm
da roscht scho gottsmillionisch ronterto.
er häb sei gotzichs techterle so
gschändet daß dia ihr täg
net kriagt häb ond er se etzt
heirote miaßt. dees kend miaßt
schliaßlich jo an nama han.

erscht noch dr hochzich hot se ehm
verzeehlt, ihr sach gengt fei schee
om se rom, se häb net bloß a päckle
Siemensaktzia uff dr seit, drzuana
au zwoi schtickla z Schtuagert uff-m
Killesberg, ond se erb amol net bloß
s vadders sägmihl, obadrei au no
a gärtnerei en Gablaberg, ond mit dem kend
werd au a bauschparvertrag zuateilongsreif.

ond wenn r etzet mit ehra
schlofa will – ond se tuat s
donderschlächtich gern ond guat – no muaß r
eba s licht ausmacha.

s glänzt halt net älles
au wenn s gold isch.

Repräsentativer Liebesquerschnitt

Den Kinseyreprot hätt se net lesa solla.
Se lebt zemlich oizecht aber net oiga
lern als lehrere d kender s mola ond zoichna
gibt au senga ond a bißle religo.
friher hot se manchmol noch ema elternobed
oder em albverei noch ema sonntichsausflug
oder em tennisklub noch ema gmischta doppel
an kollega oder an andera netta kerle
zu sich uff a glas wei eiglada.
manchmol isch der no iber nacht blieba
ond wenn s schee gwä isch isch r
wiederkomma ond wenn net so hent se liab
griaßgott zuanander gsagt ond send
freindlich zuanander gwesa.

aber seit se den Kinseyreport glesa hot
daß die amerikanische frau jeden vierta tag
zwoi- bis dreimol mit durchschnittlich
einskommaachtdreimaligem orgasmus
ennerhalb dreizeahaviertel minuta
hot se s mit dr schtatischtik ond
fiahrt buach wia oft ond wia schnell
ond ob se a sodele ghet hot oder kois
ond vor lauter regischtriera ond zeehla

ond uff d uhr gucka a elektronischa
hängt direkt wisawi von ihrm bett
ond voller ängscht daß se henter-m
repräsentativa querschnitt zrickbleibt
bleibt se zemlich zrick
au de qualität henter dr quantität.

se hätt halt den Kinseyreport net lesa solla.

Liebe konkret

Gell wenn d ens theater gohsch
ond siehsch Romeo ond Julia
no verbobbersch baldvoll vor mitleid
ond en Trischtan ond Isolde
wenn dr Kleiber dirigiert
do mechtesch grad flenna
bei Isoldes liebestod.

aber wia isch s wenn deim techterle
s gleiche passiert wia seller Julia
oder wenn dir gar s leba dia roll
vom keenich Marke zuatoilt?

no sieht älles andersch aus
ond dia Julia isch a halbgreichter rotzaff
ond dr Romeo a hurabua a durchtriebener
ond dr Trischtan hätt s halt verheba miassa
ond d Isolde isch a gluschticha bettwanz.

gell wenn s theater gschtalt anemmt
en deim oigena leba na verbarmesiert s
de bloß om di selber
ond du verfluachsch en dr realität
was dr en dr eibildong
so ans herz goht.

Déjà-vu

Domols em wenter oisavierzich
mo r em deckongsloch ghockt isch
bei Malojaroslawez
ond der russisch panzer
isch uff ehn zuagrollt
ond vorbei

vor-m totsei hot r
nia angscht geht bloß
vor-m schterba

etzt mo r mit ehra
vor-m kamee gsessa isch
an dr gleicha schtell
mo s mit ehra agfanga hot
ond se gmoint hent
so mitanander kennt ehne
nex meh passiera em leba

etzt mo er ehra gsagt hot
vielleicht sei s net s bescht
aber s wenigschte lätz
wenn se sich nemme seha tätet
ond r druff gwartet hot daß se

bloß a bißle da kopf schittelt
do hot r uff oimol gschpiert
wia ihre träna iber
sei händ gloffa send

dees isch gwä wia domols
em wenter oisavierzich
bei Malojaroslawez
mo der T 34
uff sei deckongsloch
zuagrollt isch

fahrt r vorbei?

vor-m totsei hot r
nia angscht ghet bloß
vor-m schterba.

Aus dem Hohenlied Salomonis

(Kap. 4.1–8)
Für Oberkirchenrat Ulrich Fick

O du mei schätzle du bisch schee
guck en da schpiegel nei:
du bisch a saubere denge
deine aigla henter deim schloier
send wia täublesauga
dei hoor isch wi-a goißaherd onter
de wacholderbisch vom Randecker Maar
deine zäh send wia gschorene schäfla
mo vom bronna kommet
ond älle hent se zwilleng
ond kois isch dronter mo koi lämmle kriagt
deine lippa send wia hembeera
ond dei mäule macht me gluschtich
deine schläfa schemmeret wia pfirsichbäckla
dei hälsle isch wia dr Lichtaschtoi
rausgwachsa aus de felsa trägt r
als sei s dr hemmel dei gsicht
deine herzer send wia rehla
mo weiße rosaknoschpa knuschperet
bis d sonn ontergoht
ond dr obendwend kommt
will e iber d wiesa ganga
mo s noch thymian ond kamilla schmeckt

du bisch scheener wia schee
mei goldicher schatz
ond nex isch an dir was mir net gfallt.

na komm doch zua mr schteig ra von dr Alb
komm ronter vom Schtaufa ond vom Schtuifa
ond laß henter dr dia wälder om da Rosaschtoi
wo dr fuchs wohnt ond dr schpecht hämmert
ond dr rehbock noch dr goiß schreit.

Sprachliches

Sauber

Du saubers menschle
laß mr bloß
mei saubera ruah
sonscht goht mr s wia
meim saubera bruader.

Ortsbestimmungen

Wenn e em haus be
no ben i henna
ond du drussa

wenn du em haus bisch
no bisch du drenna
ond i hussa

i gang da berg nuff
nuffzuas muaß mer schnaufa
du kommsch zua mr ruff
ruffzuas schlaucht s meh

mir send obadroba
mir schtandet obadriber
d leit send ontadronta
mir gucket dribernriber

i gang da berg nonter
ond denk hoimzuas em ra
i werd doch nonterkomma
ond du kommsch zua mr ronter
no bisch halt ronterkomma

er kommt net dromnom
ond schwätzt halt dromrom
schee sei s om Rom rom
i gang liaber ens Elsaß nom
iber da Rhei niber
dr Schwarzwald guckt riber

aber em grond isch
hiba wia driba
homma wia dromma
goht s riber ond niber
goht s dronter ond driber
ontersche ond ibersche
fersche ond hentersche
ond manchmal au ärschlengs
ond henterschefersche

em ruffzuas ond razuas
em nuffzuas ond nazuas
em romzuas ond nomzuas
goht s leba halt abersche
goht älls dronternonter

komm gang mr aweg.

Was sich alles mit H sagen läßt

Ha wia –
dees isch doch dr Deininger Hans?
ha was –
wia kommsch du etz grad en d schtadt?
ha freile –
du bisch doch mit s dekans Mariele ganga!
ha jo –
dees isch scho a arg saubera denge gwä!
ha ja –
dia hot mir au scho saumäßich gfalla!
ha scho –
aber i han mit dera nia nex ernschtlichs ...
ha so –
i han gmoint daß des lediche biable ...
ha no –
du wirsch doch net moina daß i dodrvo ...
ha noi –
i geb nix druff was d leit halt so schwätzet.
haaa –
dera han e s aber geba mitsamt ihrem vadder!
ahaaa –
se isch jo na gottseidank bald druff au gschtorba!
aah haaa –
ond neamerd hot aliment fir se zahl miassa.

mh –
als pfarrerstochter hot se jo net klaga kenna.
mm –
aus der wär jo au em leba nex rechts worda!
aha –
dodrom isch se jo au scheints en Necker ganga!
hähä –
so goht s halt, wem-mer sich so ganga läßt –
ha?

Einladung auf honoratiorenschwäbisch

Ha nei i bin doch ganz satt
i hab doch erscht geschtern
ebbes gessa.
ha nei i hab wirklich
kein durscht i hab doch erscht
heit morge kaffee tronka.

dees wär jetzt
wirklich net neetich
etzt machet Sia sich
meinetwega au no umschtänd.
i weiß gar net wie i mi
da rewaschiera soll.
dees isch mir aber jetzt
scho a rechte verlegaheit.
aber bitte bloß a
ganz kleis schtickle
hefekranz s isch
mr sonscht zviel.
aber bitte bloß a ganz
kleis schlickle kaffee
i kann sonscht net schlofa.

ha – na bin i halt so frei!

Die Säule, das Säule

Wenn e SEILE sag

na moin e net oina
von dene mo en Cannschtatt
henter-m elektrizitätswerk
em schtoibruch vom Lauschter
schtandet gferticht firs partei-
tagsgelände en Nirnberg
bschtellt von onserem groBa Fihrer
naizeahhondertondoisavierzich
bschtellt ond net abgholt

i moin au koi seile von dr
Akropolis oder von Bassä.

– DU SEILE – sag e zom Margretle
wenn se mit de fenger ens gsälzglas
neilangt ond sich drbei saumäßich
s kloidle ond s geschle verschmiert.

wenn e zu dir SAU sag
na moin e net du seischt oina
em gegatoil na moin e
du sottsch schprenga raifla saua

daß d no de letzscht schtroßabah
vertwischt eb s z schpät isch
ond du mei mir schlofa muasch.

Menschliches

– Send Sia em betrieb –
hot dr arbeitsrichter gfrogt
– au als mensch behandelt worda? –
– ha no – hot se gsagt
– i laß me doch em gschäft
net beleidiga –

der mensch isch halt a mensch
er menschelet ällweil
aber das mensch isch
faschtgar a menschle

ond a saumenschle erscht
uff dees schpuckt mer ronter
weil mer mit dera
dees gern tät
was dui
mit de andere tuat.

Kaffeekränzchen

– Also was du net sechsch –
– dees isch jo wirklich net zom saga –
– ja do kann e jo gar nemme schwätza –
– ja was saget etzt bloß ihr drzua? –
– ond du sechsch sia häb gsagt
se häb s mit eigene auga gseha? –
– do woiß mer jo gar net
was mer drzua saga soll –
– ond koi red daß dia sich scheniert
was d nochberschaft drzua secht –
– aber i sag eich mei mo hot scho
emmer gsagt dees sei a lompamenschle –
– ja dees isch jo wirklich net zom sage
am hellichta tag hosch gsagt –
– i sag jo emmer: friher do
hätt s so ebbes net geba –
– jo do hätt mer sich jo
schiergar d blätz abgschämt –
– so weit isch afanga komma –
– ond sia hot gsagt a richticher neger –
– ja etzt saget Se bloß
a hiasiga mit ema wilda –
– ond bereits a viertelschtond häb s dauert
saget se drweilsch der schwaarze

en ihrer wohnong gwä isch –
– s isch jo net zom glauba –
– i will jo nix gsagt han aber
wo dr Hitler no ebbes z saga ghet hot
do wär gar net viel gschwätzt worda –
– ond d bollezei secht do gar nex drzua –
– aber i han jo scho emmer gsagt:
do ka mer jo gar nemme schwätza
s gibt sacha s isch net zom sage
am beschta secht mer drzua gar nex meh –.

Metamorphosen

Klois butzawaggele
dicks bombele
knitzer fledrawisch
wilda hommel
schtaubichs muschter
nixnutzicher grasaff
dirra bohnaschtang
frecha lompadock
domma rotznas
saubers menschle
rescha donderskrott
goldigs amenaschlupferle
liabs schneckle
siaßs schatzamockele
durchtriebes fetzamädle
wiaschta denge
narreta habergoiß
gluschticha bettwanz
halbgreichts huramenschle
dippiga gaas
mockets tier
schtrammer dragoner
liadricha flitsch
gschuckta schpinatwachtel

agschlana schnalla
lahma henn
elenda putznärre
sterricha kuah
bleeda dreckbolla
ogatticha rätsch
daubs ripp
gottlosa schatull
albachena hutzel
scheiheiliga betschweschter
dalgeta saichkachel
grendicher scherba
siadicher dracha
alta zibeb.

Klassisches

Venus-Ode

Hebet me
i vergeß me
wega dir
Mareile
Mareile
Fenus von Bolanda

wenn e an de denk
no mecht e grad
älles liega ond
schtanda lassa
liega ond schtanda
fir di
Mareile
Fenus von Bolanda

deine dalgete herzer
deine schillete aigla
s gsicht tupfet
voll roßmucka
Mareile
Mareile
Fenus von Bonlanda

dei mäule
schmeckt noch bäradreck
siaßer salatschneck
fressa mecht e de
wi-an laugawecka
mit backschtoikäs
schmecka tätsch mir
schmecka tuasch
fuffzich meter
gega da wend
mit deine fiaß
wia elefanta
Mareile
Mareile
Fenus von Bolanda

mit dir amol
ens äpfelschittla
mit dir amol
uff d zwetschgasuach
mit dir amol
uff-m feierschtuahl
ge Plattahardt
en d diskothek
a ganza nacht
tanza mit dir
wia dr lomp

am schtecka
i dei Päule
du mei Mareile
Fenus von Bolanda

grad niberschnappa
kennt e wenn e
mr vorschtell
daß i mit dir
ond du mit mir
hand en hand
hand en ebbes
ebbes en ebbem
mir zwoi selband
goldichs lompasäule
Mareile
Mareile
Fenus von Bolanda

dei blisle uffknepfla
an de naschneckla
en de neischlupfa
eischlofa
uffwacha
mit dir
Mareile
Mareile
Fenus von Bolanda

wenn e mei gitarr
an me nadruck
wenn e en d soita
lang moin e
du seiescht s
i druck de an me na
i lang an de na
drom hebet me
i vergeß me
eb e di vergeß
a gotzichs weile
Mareile
Mareile
Mareile
Fenus von Bolanda.

Verkehrsübertretung

Uff sellera schtroß von Delphi ge Theben
isch dr Ödipus gritta. s orakel
hot ehm prophezeit r tät bald
sein oigena vadder ombrenga.

ond grad do mo heit d schtroß
von Hosias Lukas reikommt kurz
noch dem vorfahrtszeicha isch
a waga mit vier gäul drhergfahra.
dr Ödipus hot vor sich natrialt
ond weil r au d vorfahrt ghet hot
isch r net ausgwicha. aber der
wagalenker hot gschempft wi-a rohrschpatz
– du siach du halbgreichter
du sempel du bleeder
du seckel du krommbohrter
du dubblicher sirmel
dir hot scheints oiner uff d
augadeckel gsaicht kasch
deine glotzer net uffmacha
denn etzt kommet mir en onsrer
vierschpännicha schees mir send
ebbes bessers wia so a
lommelicher heckabeerlesreiter –

– etzat mach s bloß halblang
etzat tua no schtät
ogatticher klob –
hot dr Ödipus gsagt

aber der alt ma en dr kutsch
hot d hand gega ehn ghoba
ond ehm gottsallmächtich
mit-m boinerna griff vom schpazierschtock
oina uff da riabahafa gä
daß dem Ödipus sei rotzkolba
ganz schäbs ghangt isch
ond dr riassel bluatrot
uffquolla wi-a saubloder.

do hot da Ödipus dr zorndeifel packt
ond r hätt erscht den herra en dr schees
ond na den rambas uff-m kutschbock
mo ehm d vorfahrt net gennt hot
mir nex dir nex oifach totgschlaga.
r hot net gwißt daß-es
dr keenich von Theben gwä isch
mit seim schoffeer
weil der sei kron
en dr kutschtruah ghet hot.

r isch weiter noch Theben. do

hot r a grausichs monschter ombrocht
d Sphinx mo menscha gfressa hot
ond de ganz schtadt malträtiert.
dia Thebaner hent ehm druff
zuagjubelet ond ehn zom keenich gmacht
ond a johr schpäter hot r d keeniche
Jokaschte weil se witwe gwä isch
gheirotet ond mit ehr noch ond noch
schticker vier kendla gmacht.

aber au am Apollo seine mihla
mahlet langsam ond noch a paar
jährla hoffart isch s rauskomma
daß r sein oigena babba ombrocht
ond sei oigena muadder gheirot hot
ond daß seine oigene kender
au seine geschwischtrich send.

sei weibesmuadder Jokaschte
hot druffna an schtrick gnomma
ond sich dra uffghenkt. mo r dees
gseha hot hot r laut uffschriea
hot zwoi goldene schpanga aus seim
tota muadderweib ihrem hemmed gnomma
ond sich selber d auga ausgschtocha
ond s bluat isch ehm glaufa iber s
gsicht iber d händ iber da

bruschtkaschta bis uff d fiaß.
so ka s ganga em leba
en dr engschta familie
zwoi tot oiner blend.

ond älles bloß wega dr vorfahrt.

Attischer Sommer

Mo d sonn s meer azonda hot
a goldener teppich uff de wella
eb sich dr Hymettos an bleierna
wolkakraga om da hals glegt hot
han e dei gsicht em wasser gseha.

i han a blatt thymian
zwischa de fenger verrieba
ond da ganza tag hent meine
fenger noch dir gschmeckt.

mo des mädle en dera tawern
des liad vom Theodorakis gsonga hot
mit schloifiger schtemm
des liad vom alloisei
do han i di gheert on se hot me
mit nacketem blick aguckt aus kohlaauga
ond en dem augablick bisch du
an augablick bei mir gwä.

en era waas em museum mit braunem
schtrich zoichnet d Aphrodite
do han i di gseha.

em rezina mo erscht ganz
leis d zong schtreichelt ond druff

iber se herfallt ond verfliagt
wia sell liad
do han i di gschmeckt.

mo dees reßle mit feichtem maul
ganz liab a schtickle brot aus meim
handteller gnomma hot
do han i di gschpirt.

barfuß am schtrand von Vouliagmeni
am hella morga mo d sonn aus de rote
federa gschlupft ond a maudriger mond
iber Ägina ausghängt gwä isch do hent deine
wellalippa meine fiaß gschtreichelt.

i ben en de neighopft. du hosch me
en deine wasserärm gnomma. du hosch me
gschtreichelt. koi härle hoor
isch meh zwischa ons gwä.

denn du bisch well sonn mond licht brot
liad wei blick waas blatt meer.

bisch Jokaschte, Leda, Aschpasia, Phyllis,
Daphne, Aphrodite, Eos, Alkmene.

ond was e sieh heer schmeck ond schpir
isch älles a schtickle von dir. bisch du.

Schwarzes

Abschied

– Etzt hock de na
Babett
ond ziag dein schurz aus
denn i schpir
etzt goht s
ans abschiednehma
i merk wia s
emmer weniger
mit mir wird
ond bald wird d säl
da leib verlassa

aber eb e vor
da ewicha richter tret
will i mei gwissa
erleichtera muaß i
dir ebbes beichta

Babett
du bisch dei lebtag
a guats weib
zua mr gwä
ond i – i han
de bschissa

i han hehlenga
so johrer dreie
bald send s vier
kasch mr s verzeiha
a bißle ebbes
mit dr Liesel ghet –

– du bachel
dees woiß i
scho lang
moinsch denn
i hätt di
omasonscht vergiftet –.

Fehlschläge

D schweschter Anatolia hot mit-m
herr bischof tennis gschpielt
dees hoißt sia hot schpiela kenna
ond er hot schpiela wella aber kenna
grad wi-a sau krebsla.
ond jedesmol wenn r drneba gschla hot
hätt r gfluacht herrgottskreizsakerment.
d schweschter Anatolia hätt gsagt
– hochwirdiger herr bischof Ehr derfet
et so fluacha sonscht holt Eich
dr deifel oder s haut a heilichs
siadisch kreizdonderwetter nei –.
wieder hot d exzellenz drneba gschla
ond wieder hot r gfluacht blitzdonderssakerdi.

do hot sich dr hemmel verfenschteret
do isch s nacht worda wia em-a kuaharsch
do hot s donderet do hot dr blitz zonda
ond d schweschter Anatolia en grond
ond boda neighaua.

druff heert dr herr bischof a schtemm von oba:
herrgottssakerment etzat han i
de lätz vertwischt.

Der Gemütsmensch

Emmer wenn e em wald
an an baum nasaich
geb e obacht daß koi käfer
en dr bronzet versauft

i be halt a gmiatsmensch.

aber dees hot net schlecht batscht
mo e den kurz vor Schtetta
mit dr schtoßschtang so a bißle
gschtroift ond en schnee gschmissa han
weit ond broit nirgeds an auto
ond nirgeds neamerd mo s gseha hot.

etzet aber dapfer nex wia hoim
ond de kender no a guatnachtkißle gä.

wenn aber grad so a dackel
vom Idler en Schtetta
mit drei vier viertela em ranza
hoimkarret noch Schtuagert
ond sieht den bluatiga ma
em schnee liega ond nemmt ehn
mit noch Woiblenga ens krankahaus

net daß-m bloß seine polschter
von dem bluat ganz versaut send
narr dia nehmet doch au mirnix dirnix
glatt a bluatprob von dem samariter
ond saget der häb s to
ond do ka der gar nex macha

weil oiner mit drei vier viertela
em ranza emmer em orecht isch
so ka s gschwend ganga
koiner vertlauft seim schicksal
tät-r-n halt liega lassa
der sempel den bachel.

Guter Rat

I mecht jo nix gsagt han
hot se gsagt
aber wenn du dera
von dem zeigs mo mer schpritzt
gega d blattleis
saga mer amol
jeden tag a paar trepfla
en da kaffee tätsch
net zviel uff oimol
tät e saga
halt so noch ond noch
se goht jo au scho
etzt uff de achzich
ond d leit tätet nex saga
wenn dia so langsam
mer kennt doch grad saga
erleest werda tät
s tät ehra jo net weh
ond se secht doch emmer
– was isch scho s leba –
dees secht se doch efters
– no wert en meim alter –
ond i sag mr
mer hättet na dees sach

mo mir jo sowieso kriaget
dodrfir han e scho gsorgt
halt no a bißle bälder
solang mer no jenger isch
ond ebbes drvo hätt
von dem was mer hot
gell ich mecht jo nex gsagt han
s isch jo schliaßlich dei muadder
aber wenn e
fir älle fäll
em garta-center
a paar pflegeleichte
buschrosaschtreicher
bschtella tät
uffs muaddergrab
was tätsch dodrzua saga?

Sportlicher Fahrer

Hent ehr s gheert wi-e d tir
vo meim zwoikommafemf Zee-Es
zuagschlaga han? dees hoißt:
etzt passet uff
etzt aus-m weg
etzt kommt oiner
mit hondertfuffzich pe-es
mo der nafahrt
do wachst koi gras meh!

wenn e so uff dr autobah
drherdarriol mit zwoihondert sacha
no denk e nemme dra
daß d Schanett dees sauluader
a neis nerzkeep vom-mr han will
ond daß mei alta
sellen briaf glesa hot
ond seither an kopf nadruckt
ond daß mei jonger
zom zwoitemol durchghagelt isch
ond daß der schlawiner em nochberhaus
etzt an Vierhonderter fahrt
ond daß se henter mein bungaloo
a kenderheim baua wellet

ond daß d Rheinschtahlaktzia
uff sechzich schtandet wo e se hätt
om honterzwanzich verkaufa kenna
ond daß Salamander wieder
koi diffidende zahlt
ond daß dia lompa en Bonn
milliarda an onterentwickelte wilde
nausschmeißet schtatt an die
notleidende heimische induschtrie
ond daß d Schanett so dreckich glacht hot
wo e gsagt han i häb heit koi luscht.

dees älles han e vergessa
wenn e en meim neia Zee-Es hock
mit integriertem iberrollbiegel
ond schtufaweisem verformungssyschtem
frontaufprallenergievernichtend.

du scheraschleifer du lahmarschiger
en deim alta klapperkaschta
muaß e no nächer
uff dei schtoßschtang fahra
daß d me endlich vorbeiläßscht:

denn etzt komm i
da fuaß uff-m gas
d hand an dr lichthup

dees hoißt:
obacht leit
do kommt a ganz schneller
do kommt a ganz schtarker
etzt aber uffpaßt
rechts eiordna
de lenk schpur frei
sonscht kracht s!

Ständchen

I mog di so
i han di so gern
i tät älles fir di
am liabschta mit dir
uff era brick
iber d autobah
zeah zwelf pflaschterschtoiner
uff zeah zwelf auto
nakheia daß-s
bloß so batscht
ond jeder pflaschterschtoi
mo en a auto neibockelt
wär a schtändle fir di
oigahändich gsonga
oigahändich gschmissa
weil i di so mog
weil i di so gern han
ond weil i dir emmer
ebbes liabs atoa mecht.

Mahlzeit

Für Amnesty International

Wenn d en dr Alta Poscht hocksch
ond net recht woisch was essa zur vorschpeis
a halbs dutzend auschtera oder an lachs
oder a Schtroßburger Gänseleberparfait

na denk dra daß en Zamora
sieba prieschter em hongerschtreik send
ond daß en Asunción en ema tigerkäfich oiner
seit zeah tag koin bissa meh gseha hot

ond wenn dr d schpargelcremsupp
net hoiß gnuag isch na denk dra
daß grad en Bangladesch oiner sei glihend
zigarett uff dr haut vom-a andera ausdruckt

wenn d mit-m herr Ludwig rommaulsch
s pfefferschteek sei net scharf gnuag ond
nemme englisch ond s bluat lauf net raus
na denk dra daß se grad en Kenitra
oim mit-m messer en da ricka schtechet
ond schittet paprika en seine wonda

ond wenn s schampanjerkraut z woich
ond s kartoffelpiree z fett ond

dr fasan net guat gnuag ausboint isch
na denk dra wia se grad oim en Rio
onter dr Chrischtusschtatue en era
papageiaschaukel d glenk ausrenket

an andera malträtieret se mit elektroschock
ema dritta schtecket se a schachtel voll
schtreichholz en da hentera on zendet se a
ond oinera treibet se nodla
onter d fuaß- ond fengernägel

ond wenn dein Cannschtatter schprudel
net dapfer gnuag kriagsch
denk dra wia se en Santiago
oin onters wasser drucket
daß r dapfer gnuag kriagt

wem-mer am tisch deine sauerkirscha
flambiert denk dra daß-s en Kambodscha
Rhodesien Chile Pakistan
Taiwan Indonesien Marokko
noch verbrenntem menschafloisch schmeckt
gell denk dra wenn dei Havanna azendsch
Marke Henry Clay gfertricht beim Fidel Caschtro

ond wenn dein Ontertirkheimer schlotzsch
ond de uff dei mittagsschläfle fraisch

denk dra daß se en dr nervaheilaschtalt
Stolboraya oin scho vier täg ond
vier nächt net eischlofa lasset

an dees älles denksch wenn d en dr
Alta Poscht hocksch beim mittagessa
denk dra Mahlzeit! ond laß dr s guat schmecka.

Nestbeschmutzerisches

Stammeseigenschaften

Uffrichtich ond gradraus
– solang mer koin schada drvo hot –
guatmiatich bis dortnaus
– aber net wenn s om s geld goht –
wenn s sei muaß saugrob
– solang nex uff-m schpiel schtoht –
dees isch dr schwob.

Unterwanderung

Em oberland doba do wo sich dr schnee
schiergar scheniert daß r it schwaaz isch
ond wo dia genossa von dr Es-Pee-Dee
en schlappschuah romschlurget
daß se am firschta it oagnehm uffallet
ond en ihrm parteibuach hent se s
heiligabildle liega fir fleißichs minischtriera
noch dr erschtkommunjo
do isch onser herr Jesus gluschtwandelet
ond hot a schild gseha
mit seim nama: Zee-Dee-U
do isch r neiganga ond hot gfroget
ob r en dia partei eitreta kennt.
r hot sich ausweisa miassa ond do hent
dia manna gsait s sei nex mit
era mitgliedschaft die gefahr
der onterwanderung sei groß
denn sei bergpredicht beinhalte
gefährliches sozialisitsches gedankengut.

no isch r ganga ond hot gseifzt:
du liabs herrgöttle vo Biberach!

Volkslied

Jetzt gang i ans brünnele
trenk aber net
weil ganz en dr näche
von dem brennele
d Gebriader Zaininger & Co
ihren gifticha schlamm
von dr aluminiumproduktzio
hehlenga nachts
en da bach neikippet
ond s oim von dem brenneleswasser
kotzich wird on mer
s abweicha kriagt
drom gang i ans brünnele
trenk aber net
do suach i mein herztausicha schatz
find ehn aber net
weil nämlich
mei herztausicher schatz
etzt mit ema Porschefahrer goht
dem wo d Cheerio-Bar gheert
denn wo alle brünnlein fließen
da muß man trihinken
an Whisky soda om sechzeah mark
oder an liadricha wei

marke Ahr-Schwärmer
d flasch om nainasechzich ond
wenn ich mein schatz nicht rufen darf
tu ich ihm wihinken
wenn r so em scheiwerfer schtoht
em rota licht en dr Cheerio-Bar
ond em schtriptihs
sei nackigs fiedla zoigt
ond mer meim schatz bloß
mit ema blaua lappa rufen darf
ju ja rufen darf
tu ich ihm wihinken.

Hochzeitswünsche

Etz guck doch bloß dees brautpaar a
do isch s jo grad d hechscht zeit fir d hochzeit
dia hent jo scho vor dr hochzich
hochzich gmacht
dia drei send fei scho a bettlad voll leit
aber dees isch jo koi wonder denn sui
hot jo au ihr tante ledich ghet ond von ehm
saget se er häb au scho a kendle
nebanaus gmacht ond wenn der
d hos ausziagt no hot dui d hosa a
der heirot dia au bloß weil ihr sach
om se romgoht ond den hot dui bloß gnomma
weil se koin andera meh kriagt
ond dr jengscht isch der au nemme
r kommt mr grad vor
wia oiner mo obedengt an oigena schiaßplatz
han muaß drweilscht d munizio scho rar wird
ond net amol a heisle hot der en seim alter
etzt secht r no meisle ond schneckle ond schpätzle
zu ehra aber wenn dia boide drei vier johr
verheirot send no werdet dia tierla greeßer
domma drecksau ond rendwiech
ond stercha kuah

morom dia ons bloß net zur hochzich
eiglada hent mo mir doch so guate
nochbera send aber dees isch doch au bloß
a bratkachelhochzich mo henter-em ofa
hehlenga gfeiert wird ond
kendermacha isch halt
armer leit ihr brata ond wenn se ons
eiglada hättet no hätt mer am end au no
ebbes schenka miassa
denn uff d hochzich ganga
ond nex schenka dees isch doch grad
wia bronza ond koin fuurz lassa.

Herbstliches

Wozu

– Wenn Se s raucha lasset
ond nemme so viel trenket
bloß oi zwoi viertela em tag –
hot dr dokter gsagt
– no kenntet Sia glatt
hondert johr alt werda –
– aber zu was au? –
han-e-n druffna gfrogt.

Vorgabe

Mo e jong gwä be
ben e vor dr zeit hergschpronga.
mo e en d johr komma be
ben e mit dr zeit ganga.
etzt mo e alt werd
muaß e heidamäßich schtrampla
om henter dr zeit herzkomma.
hoffentlich got mr net
dr schnaufer drbei aus.

Diagnose

– Wenn e morgens uffwach herr dokter
na reißt me s em ranza
na schticht me s beim schnaufa
na klemmt s uff dr bruscht
na zockt s en dr anka
na tuat älles bis na
an graußa zaiha waih
was ka dees bloß sei? –
– ond wia alt wirsch? –
– schiergar dreiasechzga –
– narr wenn d iber sechzga
bisch ond wachsch uff ond
s tuat dr nex waih bigott
na bisch tot! –.

Das Ripp

I woiß no guat was fir an lebtag du
ghet hosch sellmols mit sellem kerle
mo di em bett saumäßig schee
hergnomma hätt – aber gell – hosch gsagt
– mei ma derf dodrvo nia nex wissa
dees tät r net verkrafta –.

dees isch scho arg lang her du aber
bisch langsam an alts ripp worda
kuranzsch ond kujonniersch dein ma
wia wenn r scho em fegfeier wär
dees muaß r wohl verkrafta.

ond etz hot r a menschle mo ehm
dia wonda schleckt mo du ehm gschlaga hosch
ond du du plärrsch ond barmesiersch
ond zerfsch ond flennsch ond brägelsch
verzeehlsch ema jeda mo s gern heera will
ond dees send viele ond ma jeda
mo s net heera will ond dees ben i
was dees fir a bettwanz ond a
luader sei mo mer azeiga sott
mit schempf ond schand ond schtantepede
gheer dui glei aus-m flecka gjagt.

i woiß no guat was fir an lebtag du
ghet hosch sellmols mit sellem kerle
ond was dei ma isch der woiß heit no nex drvo
drweilscht r s glatt verkrafta kennt
ond i denk halt: an alta kuah
schlecht au no gern a bißle salz
bloß woher nehma ond net schtehla?

Manchmal

Der da oba richtet
an jeda so na
daß r gern goht.

manchmol isch mr
älles so vertloidt
manchmol han e
so gnuag von dera welt
so gnuag von dem leba
so gnuag von de menscha
daß e grad
d tirschnall en d hand nehma
ond nausganga mecht.

aber na denk e
i ka di doch net oifach
alloi lassa
sonscht hosch doch koin
meh mo dr secht
– schaff net so viel –
– trenk net so viel –
– fahr vorsichtich –
– denk net bloß an andre
denk au an di selber –

wenn s dir bloß halba
so weh tät
wenn i di
alloi ließt
wia s mir weh tät
wenn du mi
alloi ließscht
muaß e denka
ond wenn e dees denk
na laß e d tirschnall los
na dreh e me om
na guck e de a
ond laß
s bleibalassa
bleiba.

In memoriam

Dr Willy Reichert isch gschtorba.
seine letzschte wort seiet gwä
– dia leit sollet me doch
en ruah lassa – schreibt BILD
was beweise daß er seinen Humor
bis zum Schluß behalten habe.
– dia leit – hot r gsagt
net: d leit. o leit
merket ehr denn net
daß dees ekel gwä isch
vor eich gschmoiß ond
koi humor. ihr hent ehm
doch de ganz zeit
koi ruah glassa
seit r so krank gwä isch.
so gennet ehm doch etzt
sei ewicha ruah.

Altersschub

Seit dia albacha hutzel en dr schtroßabah
gsat hot – etzt lasset doch den alta ma
nahocka – ond a muckaseckele
zeit verganga isch
bis r gmerkt hot er sei drmit gmoint

seither schtiert r manchmol vor sich na
seither trialt r manchmol en sich nei
krebselt seither nemme iber s zaile
schteigt r nemme iber s gartateerle
bleibt r schtanda noch dr zwoita trepp
weil r moint r kennt s nemme verschnaufa
legt r d hand am schtammtisch henter s ohr
weil r moint r kennt net älls verschtanda
sieht em schnee r schloier vor de auga
traut sich nemme ema saubera mädle
zuazlächla ond a bißle mit ehra
z scharmutziera.

ond dees älles weil der
scherba en dr schtroßabah
gsagt hot – lasset doch den alta ma –
hot r angscht daß d kender opa zu ehm saget
dees wort hot r no nia verbutza kenna

ond r isch jo au no koiner – schad drom! –
denkt r ond wenn r zwoi gheifte teller lensa
mit brägelte schpätzla ond ema mordstromm
rauchfloisch gschbachtelt hot
oder a schlachtplatt
mit drei schtoiner bier ehm arg em maga lieget
denkt r – s wird doch bloß nex schlemms sei –
ond wenn r a paar viertela meh wia sonscht
tronka hot ond isch a bißle
durmelich uff de fiaß
moint r – s isch au nemme dees – ond ob r
net desdrwega halt amol
zom dokter ganga sott.

wenn beim nochber nachts dia haustir gauzt
moint r s häb a keizle gschriea
– kommit! kommit! –
d todesazeiga em blättle liest r etzt ond
rechent: dia frisch gschtorbene dia send jo
kaum zeah fuffzeah jährla älter denn daß du.

ond dees älles bloß weil dia hutzlich
zibeb en dr schtroßabah dees gsagt hot.

Steigacker-Idylle

Was fang e heit bloß mit mr a? s isch
samschtich ond mir isch s ganz mauderich.

mir send femf alte manna en dr schtub
i ond dr Märte mo noch-m kaffee mit
koppa gar nemme uffheert s isch grad zom
drvolaufa. dr Gottliab der hockt do ond trialt
r hot a schlägle kriagt drom
isch r nemme ganz bacha.
ond dr Metzgers Schorsch der flennt bloß
vor sich na seitdem sei Lisbeth gschtorba isch
isch r ganz sirmelich ond wartet emmer no
daß se ehn bsuacht, dees glufagiaßa
aus seim gschnuder
kasch au net ällweil seha. dr Merz aus Backna
ka s nemme recht verheba.
älle schtond kommt d schweschter rei
schpritzt Tannodol aus-era schpreedos
na schmeckt s grad
wia wem-mer en da wald neigschissa hätt.

was tu-r-e bloß mit meinera viela zeit?
i glaub i nehm mein schtock setz d kapp uff
ond gang nonter an dees bänkle
pfeilgrad an dr schtroß wisawi

schtoht a schleßle: Katharinenhof.
s hot friher onserem keenich gheert.
dr Reusch von dr Guathoffnongshütte
der hot s kauft ond an dem teerle
do schtoht etzt:
»Unbefugten ist der Eintritt verboten«.
dees ka i guat verschtanda. denn älles schwätzt
jo heit vom omweltschutz ond dia alte manna
aus-m altersheim dia tätet d omwelt
en sellem park scho recht versaua.

drom hock e uff-m bänkle en dr sonn henter mr
birkabäumla se kränkelet en dem donscht
von dr B 14 guck de auto noch aber bloß dene
mo ge Backna fahret ond lies d nommera:
WM – CJ 612
SHA – V 834
BK – SU 1203
mit jedem auto goht mei kopf
von rechts noch lenks
s send jo so viel daß e net noch älle gucka ka
i suach mr bloß dia blaue raus ond lies:
N – SX 183
UL – HV 1115
S – AU –
ha no dees hoißt jo SAU der fahrt au wi-a sau
s isch au koi hiasiger. so schnell daß i dia zahla

gar nemme lesa ka der blitz der siadich der
kommt aus Schtuagert ond meine auga
werdet so schnell miad.
i ka afanga kaum meh s blättle lesa.

i gängt etz so gern en d Germania wo dees
saubere krettle serwiert. ganz hehlenga
bloß zom-a gläsle bier aber dr dokter
hot s verbota s sei nex fir mein zucker
hot r gmoint r briecht jo au nex drvo z wissa.
i kämt jo au kaum iber d schtroß
bei dem verkehr au d fiaß
dia wellet nemme so wia vor zwoi johr
do isch s no besser gwä. i ben no dapfer gloffa
koi so verkehr ond koi so krach ond gschtank
ond dia manna von dr schtub dia hent älls no
mit mir an dapp oder an gaigel gschpielt.

au bsuacha tuat me neamerd meh seit mr
dr bruader gschtorba isch ond dem sei frau
gang mr awg! bloß manchmol kommt
dr Oppaweiler pfarrer dees isch
dr oizich mo a bißle mit mr schwätzt
ond net salbaderet.
der ma isch gaudich mer sott
gar net glauba daß so oiner katholisch isch.

was tu-r-e etzet bloß da ganza tag?

Es herbstelet

D wies isch scho ganz kurz gschora
ihre hoor wachset nemme
ond giftich lila drucket d herbschtzeitlosa
dia dicke kepf durch s miade gras.

dr buachawald hot an gelba schemmer
ond dr kaschtanja ihre fengerblätter dorret.
mi freschtelet s. i mach a feier en kamee
nehm an band Rilke raus ond lies:

»Herr: es ist Zeit. Der Sommer war sehr groß.
Leg deinen Schatten auf die Sonnenuhren,
und auf den Fluren laß die Winde los.«

i schalt s radio a. d Air vom Bach.
dees schpielet se emmer wenn e alloi be
oder wenn me ebber alloi glassa hot.
dr hond mo sich emmer so frait wenn i komm
hot heit noch mr gschnappt.
wenn e bloß dia nacht net wieder uffwach
so om viere ond schpier dees schtecha am herz.

i dreh am radio rom. »Strangers in the night«.
den blues han e amol mit ehra tanzt

wo isch etz dees bloß gwä?
s fallt mr net ei wia so vieles
wo mer oifach vergißt ond hot s verlora.

was kommt denn heit em fernseha?
Mordkommission – Slums in Rio –
Kepler, ein Hundeleben. Noi
dees isch älles nex fir mi.

worom hot se denn heit
no nex von sich heera lassa?
friher do hot se mr älls an briaf gschrieba
bloß so – aber dees isch scho arg lang her.

»Befiehl den letzten Früchten voll zu sein;
gib ihnen noch zwei südlichere Tage,
dränge sie zur Vollendung hin und jage
die letzte Süße in den schweren Wein.«

i glaub i mach a flasch wei uff.
etzt kommet dia nächt wo mer d äpfel
vom baum pflompfa heert.
mei baura-uhr tickt so laut
als tät ehr s pressiera
d zeit henter sich wegzschärra
aber s isch jo net ihr zeit
s isch ebbes von onsrer zeit
mo ons no bleibt.

draußa pfeift dr wend.
d veegel senget morgens nemme
se send vielleicht scho fort.
dr igel hot sei milch no net gschlabbert
ob r scho sein wenterschlof hält?
no hätt r s guat. vielleicht hot ehn au
dr hond hegmacht. dees dät me arg kränka.

»Wer jetzt kein Haus hat, baut sich keines mehr.
Wer jetzt allein ist, wird es lange bleiben,
wird wachen, lesen, lange Briefe schreiben
und wird in den Alleen hin und her
unruhig wandern, wenn die Blätter treiben.«

i glaub i leg no a platt uff
da Schlußchor aus Mahagonny:
»Können einem toten Mann nicht helfen ...«
woisch no wia s dr Cuno emmer
gsonga hot zur ziahharmonika?
wia lang isch der etzt scho tot?
faschtgar a johr. ond dr Moschtar ond dr
Reichert ond dr Cranko ond dr Hugo Hartung
älle send se en dem Johr gschtorba.

wia isch dees eigentlich wem-mer so
älter wird? do werdet s jedes johr meh
mo oin alloi loant. dees wirsch bald merka
oder besser merksch s nemme.

s isch net guat so ens feier nei z schtiera.
i glaub i mach doch no a flasch uff
an schwera Pommard zom schpentesiera
vielleicht kan-e druffna au besser schlofa.

Das dritte Kapitel des Predigers Salomo

Älles hot an end ond älles trachta uff dr welt
heert amol uff.
uff d welt komma ond schterba
säa ond jäta was gsät isch.
verwirga ond hoila
abreißa ond baua.
flenna ond juchzga
joomera ond tanza.
schtoi verschmeißa ond schtoi zammalesa.
drhoim sei ond hoimweh han.
suacha ond verliera
bhalta ond wegschmeißa.
vertrenna ond zammanäha
d gosch halta ond schwätza.
oin leida kenna ond oin net verbutza kenna.
händel ond frieda hent ihr zeit
mer ka schaffa was mer will
mer hot doch nex drvo.
guck doch bloß dia schenderei a
mo dr Herrgott de menscha zuatoilt hot
daß se sich drmit romploget.
Er aber tuat älles fei zu seinera zeit
ond läßt zua daß ihr gmiat sich ängschticht
wia s nore goht mit dera welt

weil dr mensch net verschtanda will
was dr Herrgott tuat
weder was Er afangt weder was Er uffheert.
drom han e gmerkt daß-s nex bessers gibt
wia dapfer glauba ond da Herrgott
an guata ma sei lassa.
weil s ema jeda mo ißt ond trenkt
ond tuat sei ärbet gern
halt von Gott geba isch.
i han au gmerkt daß älles was dr Herrgott tuat
schtanda bleibt
mer ka nex drzuato ond nex wegnehma
sell tuat dr Herrgott
daß mer reschpekt vor Ehm hot.
älles was gschieht dees isch scho gscheha
ond älles was geh gscheha wird
dees isch scho amol gscheha
ond dr Herrgott suacht wieder zamma
was scho gwä isch.
uff-m markt vor dr kirch bscheißet se anander
ond vor-m gricht drehet se
anander da hals om.
do han e denkt: dr Herrgott muaß richta
iber de guate ond iber de beese
denn älles was mer schafft
ond was mer gschafft hot
dees hot an end.

i han mr gsagt: dees isch halt so
daß dr Herrgott d menschakender priaft
daß se merket
se send au net besser wia s viech.
denn s goht de menscha wi-em viech
wia dees verreckt so schtreckt auf er am end
älle viere von sich
ond se schnaufet boide gleich
ond dr mensch hot au net meh wia s viech
denn s letzschte hemmed hot koine tascha.
älle ganget se da gleicha weg
s isch älles aus letta gmacht
ond wird wieder zu letta.
wer woiß ob d menschaseel nuffwärts fahrt
ond s viech wenn s a seel hätt
tät abersche fahra onter da boda.
so han e halt gmerkt daß-s nex bessers gibt
wia daß dr mensch monter sei ärbet tuat
denn dees isch ehm geba
ond koiner brengt ehn so weit daß r woiß
was gschieht
wenn r amol nemme do isch.